사랑이있으면 더 좋겠네

사랑이었으면
더 좋겠네

서순우 시집

맑은샘

서순옥 시인

2002년 〈문학과 세상〉등단

삼척문학상 작가상 수상

한국문인협회, 강원문인협회, 관동문학회,

삼척문인협회, 두타문학회 회원

시집 「엄마」, 「기별」

소소한 행복이란
기쁘다가도
가끔은
슬프기도 하다

시… 처… 럼…

오늘도 시 한 줄이 나를 붙잡고
내 역사의 길을 지나간다

2022년 여름
서순우

차 례

1부

그 풍경 다시
사랑하려 하네

최고의 슬픔, 최고의 행복

고단하게 앉은 나무 그늘이여
어느새 지고만 아카시아 하얀 꽃이여
초대받지 않은 나쁜 생각이여
촘촘히 떠 있는 늙은 솔방울이여
나무의자의 빛바랜 가벼움이여
울음인지 웃음인지 모를 새들의 노래여
아버지일 것 같은 나비의 동행이여
넘어질 듯 걷는 노인의 느린 걸음이여
숲을 쏘아보는 메마른 시선이여
걸음이 다른 낯선 부부여
그리고 그리움
그
리
움이여

최고의 슬픔으로 걷는 걸음이여
그대는
살아있어 걷는
최고의 행복이어라

촛대바위

어느 염원인들 바람이었으랴

어제도 다녀간
그 염원마저
속 깊이 촛불 하나 밝혔으니

이른 아침 해로 일어나
저녁이 되어서도 노을이 되는
숨 가쁜 하루였다고

망부석이 된
어느 사랑만큼이나
그 염원
오래고 깊었다고

그럴 동안
내 사랑에 그 사랑 더하여

바다처럼 깊어진

바다가 된

촛대바위

당신의 집 - 준경묘

첩첩산중 떠돌다
당신 집이 되었던 그곳

당신 숨을 대신해
섬돌이랑 주춧돌만이 남아
어서, 어서 오라 합니다

내 아버지도 묻힌 미로 상거노 지나
활기리 당신 곁에
나도 집 하나 궁색하게 지어 살면서
밭도 갈고
앞 개울에 뽕잎 몇 띄우다 보면
내 아버지처럼 살다간
당신 아버지 이야기도 들을 수 있겠지요

당신은 그날
백 마리 소와 금관 꿈을 꾸며
한 마리 흰 소와 귀리 짚으로 만든 관을 대신 준비했다
지요
당신의 아들, 아들의 아들 그리고 또 아들
그 먼 전설 같은 꿈, 왕의 꿈

그 꿈으로 지어진 무덤,
그 무덤 준경묘라 이름 지어
당신 아버지 살게 하고
세상 아름다운 소나무도 살게 하고

나도 그렇게 살다가, 우거진 솔향에 들어
당신 아버지 제삿밥 맘껏 얻어먹으면
어느새 기운도 살아
그 전설 같은 역사 속에서
왕 꿈도 꾸며
아이 많이 낳아도 좋겠지요

소나무로 데운 구들에서 뒹굴며 겨울나고
가물어도 마르지 않는 진응수 길어다
오래도록 살다 보면
나도 당신 따라 아버지 그리워
눈물도 흘리겠지요

먼 후일
당신이 그리우면
용비어천가 같은 시 하나 지어
산 깊도록 노래하며 살아보다가

그러다가
길섶, 작은 풀 같은 묘하나 지어
당신처럼
당신 아버지처럼 묻혀도 좋을 일

아버지

아

버

지

⋮

또 그렇게 부르며 살아가면 되는 일

꽃이야, 꽃인 게지

꽃은 그냥 피는 게 아니어서
색을 준비할 때까지
잎 먼저 내보내기도 하나보다

준비한다는 것은
기다리기도 한다는 것을
그리하여 결국
꽃이 된다는 것을

그럴 동안
풀밭에 나가보니 알겠는데

숨보다 여린 저기 저것
겨울인 듯 봄인 듯
내 오래된 습관같이
아직은 작고 여린
저기 저것

그래
작고 여려도
세상 모든 색은
꽃이야, 꽃인 게지

그 사람, 김 수영

고통인 듯 우수에 찬 짙은 눈썹, 한 번쯤 그런 사람이랑 연애해 봐도 좋겠다 싶었지. 그 사람 아직껏 좋은, 당신은 풀, 바람소리 가득한 풀, 시마다 술 냄새, 시마다 아픈, 자학의 그 시들 안고 뒹굴지만 나는 매일 바람보다 더 빨리 눕지 못하고 바람보다 더 빨리 울지 못하고 바람보다 먼저 일어나지 못한 채 당신 떠난 50년만 세고 있었지. 구공탄에 밥은 끓고, 눈처럼 폭포처럼 외치던 그 시를, 봄밤처럼 고요하기도 했던 그 시를, 혁명의 방, 당신의 방에서 그 시를 밤새 원고지에 실어나르던 당신의 아내도 살아, 짜증 한 번 부리지 못한 당신의 아내도 살아, 지금은 늙어버린 아흔의 잡초로 살지. 되는 대로 살았던 자유인의 아내, 철저한 시인의 아내, 내가 아직 당신 좋은 것처럼 아내는 당신을 놓지 못하고 그립다 그립다 하지. 최저임금이니 미세먼지니 당신이 알지 못하는 말들, 무수히 쏟아지는 말들, 지금 살아도 그 모든 것 바람인 듯 풀인 듯 일어나고야 말, 또 그렇게 떠나야 했을 당신.

이명(耳鳴)

내 딴생각 비집고 들어와
소리 키우며 살던 그 속에도
비가 내리고 꽃 피고지고 새도 울다
바람 안에서는 잠도 깊지 못했겠다

온 세상 바람 들어 있는 줄도 모르고
꽃 피면 가슴 떨려 무슨 병일까 싶다가
꽃 지면 더 가슴 떨려 또 무슨 병일까 싶다가

어차피 뒤척거릴 얕은 꿈이라면 한낮 미루나무로
반짝여도 좋을 걸, 슬픈 발자국으로 남은 아득한
여름 뒤여도 좋을 걸, 늘 젖은 강물이다가 거기서
만나는 한쪽 바다여도 좋을걸

내 언저리에서 그렇게 몇 년을 살다가
젖은 강물처럼 깊은 산처럼 내 눈처럼
그 소리 흐려져 갔으면 좋겠다 차라리
세상소리 가득한 내가 사랑하는 음악이면
더 좋겠다

이별 −코로나 19에게

너는 때 아니게도 툭툭 꺾이는
가을날 마른 나무 같았으면 해
혼자 있는 내게
많이 미안해했으면 해

꽃이 이만큼 봄으로 올 동안
몸은 또
얼마만큼 피고 졌는지도 살펴야 하고
모두들 노동이 필요한데도
바깥은 텅 비어 있어

미안하게도
자주 잊곤 하던 평범한 일상이
꿈이었다는 것을
네 덕에 다시 알아가고 있는 중이지만

모든 게 명랑해질 때까지
웃을 줄 알아야 하는 건
오늘내일 우리가 해야 할 일

그럴 동안 너는
먼저 바람이 되어준 그 사람들에게
이별은 아픔이라 말하지는 마
그렇게 이별하는 거라 감히 말하지는 마

광진산 연가

내 오래도록 묵혀둔 건초들 이끌고
네 푸른 살갗 속으로 간다
네 자리에 세 든
감지 못한 마지막 눈을 깨워
너에게로 간다

매미는 여름을 부르고
초록에 겨운 풀들
구름은 기쁨으로 들떴다

애초 나는 혼자
너도 혼자 날아
몸마다 무늬를 키웠구나
소싯적 아버지의 그 냄새
밤꽃도 지고
바람이 불자 나무들 덩달아 울고
그러면 너도 울어
푸른 눈이 되었구나

저 아래 바다가 있어
이제, 바다처럼 낮게
넓게 살기로 했다
구름이 기쁨으로 넘치는 바다가 되기로 했다

그렇게
오래도록 서 있었다
고향 같다는 낙서 곁에
너의 곁에

문득, 꽃잎

꽃
잎
바람 속에도
내 갱년기 시린 발목에도
어디든 꽃이다

문
득
어디든 가고 싶었다
별일 없었던 서른다섯처럼
어디든 꽃잎으로 가고 싶었다

가
끔
예쁘다가 슬프기도 했다
이별하던 모든 것들처럼

기
적
누군가를 사랑했던
누군가에게 사랑받았던

그렇게 피고 졌을
꽃
잎

그냥 기다려 보려고

그냥 기다려 보려고
기다림은 포기도 무관심도 아닌
사랑이라서

멀리 있는 아들아
밥벌이 위한 너의 피곤한 몸짓
매일 꿈속에서 만나고

꿈은 사랑이 되고
사랑은 꿈이 되는
나는 네 엄마
너는 엄마의 아들
이것만으로도 벅찬데

누가 뭐래도
기다림은 그냥 지켜보는 것

그러다가
불면이 평등해지듯
밤낮이 같아지면
기척 없던 대궁이에
잎사귀 초록초록 피어나겠지
꽃으로 잎으로 너도 피어나겠지

그러니까
그냥 기다려 보려고
기다림은 사랑이니까

매미, 너처럼

책 많이 읽어
몸무게 빠지던 날
너는 내 대신
땅속 깊이 묵혀둔
웃음 같은 울음을 운다

책에 빠져
책 속에서 슬픈 날
너는 내 대신
울음 같은 웃음을
목 놓아 운다

오늘도
껍질 벗고 날아오르는
매미, 너처럼

단 한 번의 기회를 살아가려
울고 웃는 중이다

방황

바닥을 희망이라고 말한
어느 시인의 말을 믿기로 했네
내가 사는 작고 창백한 푸른 점에서
걱정일랑 내려놓기로 했네
먼 사막에 눈 내리면
낙타에게 덮어주던
담요 무게만큼만 살기로 했네

방황하는 것은
혼자 걷고 또 걸어
누구에게로 가는 일

그 누가
나무였으면 좋겠네
나무처럼 거리 두고 살아가는
사랑이었으면 더 좋겠네

구룡골에서

별 총총한 하늘
더는 감당할 수 없어
풀벌레는
그렇게 날갯짓 하나보다

내 젊음처럼
푸른 피를 쏟던 풀숲 지나면
아직 잠들지 못하던 달맞이꽃
꽃은 또 그렇게 살아가나 보다

유랑 뒤
해를 이별하고 돌아선 달도
깊은 생각에 잠기고

내 젊음처럼
부풀어 오르던 배를 안고
바람에 일렁이던 콩밭

아, 그때
빛을 건네던 반딧불이

그 빛 하나에
다시 무너지고 마는
오늘

불면

마른 하품으로
생각이 범람하던 밤이었네
뛰는 가슴에
꽃이라도 필 줄 알았던 밤이었네
꽃 피기도 전
기어이 오고야 마는 밤이었네

그래
잠들 수 없었어
그치지 않는 너의 노래가
새벽을 달리고 있었으니

울고 있는 할아버지 보다
울지 않는 할머니가
더 슬퍼 보였으니

흐르다 남은 눈물
마저 흐르느라 잠들 수 없었던
지나온 길 낯선 길
걷고 또 걷는
먼
먼

그래, 숱한 밤
잠들지 못하고서야
뿌리내린 깊은 생각 알게 되었네
잠 못 들수록 가슴은 뛰고
별은 더 빛난다는 것을 알게 되었네

밤은 그렇게
자주 들뜨곤 했었네

오십천

시작은 늘 어렸다 내가 누군지도 모르게 어렸다
그래도 가을은 서둘러 왔고 슬플 때는 귀뚜라미도
지난 소쩍새도 울어주곤 했다

봄이 오면 일용직 아버지는
새끼들 위해 황어 한 자루씩 잡아 말리곤 했다
속이 빨간 황어를 질리도록 먹고 자라난 몸은 자랄 대로
자라 계절처럼 변해갔다 다 변해 갔어도 차마 변할 수
없어 다시 고향으로 돌아온 연어처럼 몸은 어른이 되
었다

그래, 저 산 어디쯤이라 했다 돌로 엮어진 산등성이부터
살다가 어디 계곡에도 살다가 때로는 폭포같이
풍성할 대로 풍성한 그곳에서 잠시 쉬어갔다 했다
아버지 고향 미로 지날 때쯤 엄마는 아직 젊었고
굽이굽이 큰물도 다녀가고 재산 늘리듯 새끼 하나씩
늘려서는 진한 사투리 꽤 차고 바다로 흘렀다 했다
살다 살다 동굴이면 어떻고 수십 번 물길 속이면 또
어떠리 사랑해서, 우리 살아온 삶만큼 또 사랑해서,

다시 바다로 흐르면 됐다 어릴 적 부르던 교가 속 지나
이제는 마음 안으로도 흘러, 거기 그냥 있는 익숙함이면
좋겠다 언젠가 떠날 그 자리, 풍류였던 강의 길처럼
길고도 짧은 길이면 좋겠다 오래도록 내 속 물굽이로
남아 있으면 좋겠다

때로는 슬펐을 그 자리,
부디 불안해하지 말자 나의 오십천이여!

시월이면

시월이면
땅이 마음 여는 시월이면
너를 위해
토끼풀이라도 깔아 놓아야지

시월이면
내가 세상에 나오듯
씨가 세상이 되는 시월이면
수수한 꽃도 사이사이 피게 하고
벌들도 초대해야지

제우스가 말해준
그 꽃으로
반지며 시계도 만들고
거짓이 고통이 물들지 않도록
사랑도 해야지

하늘만큼 땅만큼 시월이 좋아
새도 나무도 사람들 불러내
춤추는 시월

신은
그렇게 시월에 와서는
봄이면 가곤 했겠다

그 풍경 다시 사랑하려 하네

폐 안에 분진 쌓으며 돌아오던
아버지 골목길
그 골목길 작은 민들레로
날마다 커가던 우리

그 풍경을 사랑하네

꽃 피고 잎 지고
겨울 오면
앞산 아카시아 장작으로
호사 누렸던 단칸방
덩달아 불꽃으로 너울거렸던 우리

그 풍경을 사랑하네

저 골짜기에서 흘러나오던 샘물처럼
가슴에 연어 같은 자식 품고
바다 바다로 흘러가던 오십천

그 풍경을 사랑하네

우리는 알고 있었네
고향 떠나지 않은 오십천
그때처럼 흐르고
그 덕에
우리 지금껏 살아가고 있다는 것을

그리하여
그 풍경
다시 사랑하려 하네

꽃 숨

힘들게 온 새벽
눈감고 창 열면

궂은 잠에서 깬
꽃의 긴 숨소리도
가까워 옵니다

밤새
울음이 더 많았는지
웃음이 더 많았는지
말해주지 않습니다

그냥이라는 말만 합니다

말을 아끼라고
내가 내게 한 말을
아마도 들었나 봅니다

이제야 알겠다

이제야 알겠다

철심 박은 발목으로
살아보니 알겠다

하염없이 찌만 바라보다
생각 하나씩 버리고 왔다는 것을
그러다 잡힌 고기는
덤이었다는 것을

고기잡이 보다
멍때리는 게 귀한 것을
절뚝거려 보니 알겠다

이제야 알겠다

배우, 윤여정 – 아카데미 여우조연상

육십에 얽매어 있습니다
그래서
한 줄도 나를 쓸 수 없습니다

이 시간
미국에 있는 당신은
그 어떤 숫자에도
얽매이지 않습니다

그래서 당신은
일흔 하고도 넷에서
잠깐 우뚝 섰나 봅니다

그러다가
그냥
다시 예전처럼 살아가겠다고
툭 말합니다

정말이지

당신은

가슴 벅찬 한 줄 詩입니다

데미안

그해, 당신에 빠져있을 내 나이 아직 가벼웠고
마음은 늘 묵정밭처럼 밑줄 투성이었다

내가 알을 깨고 나왔을 때
세상은 엄마였고
엄마가 늙어갈 동안 나는
또 다른 세상을 파괴해야만 했다

슬프기도 기쁘기도 했을 세상에는
피고 질 것들 수도 없이 많아
꽃은 피기만 해서 안 된다는 것을
꽃이 지니 알겠는데

마음 아프면 진통제라도 먹다가
마음 또 허허로우면
신이라는 이름 부르다가
신을 원망하다가

결국 신은
두 갈래 길 주고 떠나고
그러면 나도 악마의 표적 하나쯤 달고
사랑하려 애쓰며 살아보다가
꿈이라도 꾸려 애쓰다가

그렇게
당신 만난 지 또
삼십 년도 넘은 지금
나는 아직도
내게로 가는 길 위에서
나를 찾지 못하고 살고 있나니

2부

지붕에
오른 소

왕의 노래

아들아! 할아버지 묻힌 여기 미로에, 조선의 뿌리 목조의 아버지 묘가 있다. 네가 하늘에서 뚝 떨어지지 않은 것처럼 나도 너를 낳고 뿌리 내리니, 세월 이만큼 왔구나. 언젠가 나 묻히면 그때도 많이 그리워할 아들아! 그들의 제삿날 다녀오듯 내 제삿날에도 날이 맑아 기운 넘치고, 눈물은 솔바람으로 목은 진응수로 다스리다가 묘에 몰래 핀 꽃 하나 겨우 찾아 한참을 바라보아도 좋을 일. 살다 보면 곁에 있어도 그리운, 아니, 그리워 같이 있지 못하는 사랑도 있는 법, 왕의 할아버지도 할머니랑 마지막을 같이 있지 못하였구나. 그러나 날이 갈수록 그 자리 소나무로 봉을 이루고 샘이 흐르니, 요즘 애들처럼 만남 며칠째를 기억하며 서로 불러주어도 좋으리. 준경, 영경, 묘 이름도 참 청명하여 첩첩산중에도 마르지 않는 샘이 솟고 창포 자라니, 참 좋은 자리에서 살며 왕의 노래라도 들으면 너도 왕처럼 살아갈 수 있으리니. 서울 하늘 아래 없는 듯 살아가는 아들아! 힘들어도 가끔은 여기, 묘 찾아 기운 받아가거라. 왕의 뜨겁디뜨거운 그 기운을, 왕의 노래를.

그동안의 집

아들 둘 자라 객지로 떠나고 내 늙은 개와도 이별하고
갱년기와 은퇴라는 말도 낯설지 않을 만큼 나이 먹은
그동안의 집 엄마의 마당이기도 했던 그동안의 집에는
수도 없는 풀이며 꽃들도 지천인데 지금은 태양이며
바다가 된 7월 나리는 서운한 줄도 모르고 철없이 여
기저기 잘도 피었네 고양이도 개도 쉬어가던 집, 새도
벌도 세 들어 살던 그동안의 집 오줌 지리던 녀석들 발
자국도 잠 못 들던 새벽별도 안녕, 은유를 끄적이던 숱
한 날들이여 이제는 안녕, 꿈마다 그 집 번지수로 편지
받고 다시 살아 보고 싶어라 꿈에서도 여전히 살아 보
고 싶어라 그러다가 하늘에 매달린 듯 바람에 날리는
듯 구름처럼 사는 맛, 비로소 맞춤한 옷 한 벌 해 입은
양 여기서도 그 집처럼 살아보고 싶어라 작게 다시 살
아보고 싶어라

다행이네

산 내려오다
들켜버렸네

뒤로 감춘
라일락 향

슬픈 눈한테
그만
들켜버렸네

그래도 다행이네

소의 슬픈 눈이라
참 다행이네

그 꽃

언제 한 번 같이 살고 싶었던
여려서 노란 그 꽃이여

궁색한 화분에는 어젯밤에 왔는지
바람 같은 구름 같은 꿈에서 깨어
눈 비비는 아침이구나

만남은
또 이렇게 가슴 떨리게 하고
여린 너에 얹혀 봄을 나야 하는
나는 행복한 사람

누구는 봄을 맞는다며
꽃 사다 심느라 바쁜데

내게로 와 그냥 꽃이 되어준 너를
속속들이 다 알지 못해도
이제는 서로 바라보는 것만으로 충분해
같이 자고 같이 일어나는 아침으로 충분해

언젠가 꽃 지듯 너 떠날 때

내 부질없는 생각 하나쯤

데려가도 좋겠구나

아들을 위한 노래

민들레 하나로 가볍게 사는 것도
그리 나쁘지 않을 거라고, 그러나
세상은 늘 꽃으로 한창이었고
늦은 유월, 너는 태몽에서조차 꽃다발을 건네며
내게로 와 세상 빛이 되었구나
좁은 뱃속에서 너는 달맞이꽃으로 피었다가
분꽃으로 피었다가 고요한 아침이면 잠들곤 했지
너는 그렇게 엄마의 아들이 되어 갔다
꽃이 피기까지 흔들리고 떨렸을,
너의 상처를 어루만져주지 못할 동안
어느새 너의 친구가 되어버린 음악이라는 아이
아들아, 너도 누군가처럼
음 하나를 더하면 기쁨이 되고
음 하나를 빼면 슬픔이 되는
그런 인생을 살고 있는 거야
이제 너에게 하고 싶은 말
괜찮다 아들아 천천히 가도 괜찮다
너의 음악은
막 눈을 뜨는 봄꽃이었으면 좋겠고

신비한 새들의 날갯짓이었으면 좋겠다

슬픔을 이야기하면

내가 그 슬픔을 다 들었으면 좋겠다

너의 아픔과 흉터를 좋아할 동안

너는 그 상처를 견뎌내고

봄눈을 털고 매화로 피었으면 좋겠다

늦은 유월 그래서 온통 유월

아들아, 너의 몸 안에 있을 밥알과 묵은 김치처럼

우리는 또 그렇게 사는 것

너는 엄마라는 세상에 태어나

또 다른 계절로 살아가는 것

그리하여

올해는 내 것만 모아 내려놓기로 한다

내 걸음은 빨라지고

네 걸음은 느려지고

그렇게 서로 맞춰가는 소리

겨울 산 가득 담아내고 싶다

그 남자

잘난 척하려고 읽었던
그간의 책들이랑 이별하고
다시
온몸 가득 스토리로 넘쳐나던
그 남자

어디 하나 버릴 게 없어
듣던 내 귀가
대신 붉어지고야 마는

길게 얘기하지 않아도
내게는 긴 공짜 스토리 같은
그 남자

가보지 않은
그래서 쉽지 않은 길이
당연하게 내 것인
무서운 그 남자

낡은 생각으로 밤을 지샌

내 마음의 황폐와

아무렇지도 않게 시작될

또 다른 아침이

그 남자 덕에

더 무서워지는 오늘이다

어쩌면 -코로나19

누렇게 떠버린 낮빛에도
해는 뜨고 지는데
마스크에 가려진 우울한 풍경
어찌할거나

꽃은 미안하다 수도 없이 말하지만
그 풍경 안으로 들어와 버린
낯선 바이러스

왜 미처 알지 못했을까
공기 중에 떠 있던 희망을
왜 미처 알지 못했을까
세상 풍경에 간절한 마음 있다는 걸

그래도
추운 땅 아래
사랑하고 다투다 피는 봄꽃처럼
꽃 진 자리 상처 돋우는 일처럼
누런 낮빛 여기저기
다시 색칠해 보는 일은

어쩌면, 내가 살아가는
또 다른 기쁨인지도 몰라
내 삶의
또 다른 기회인지도 몰라

시집, 삶의 보증서 같은 - 정일남 시인님께

당신은 내 고향이랑 같습니다
같은 별이 뜨고 같은 바람이 불었습니다
"눈으로 보고 싶은 것을 보고
귀로 듣고 싶은 것을 듣는 것이"
나를 위한 감사의 선물이라며 보낸
나이 든 시를 나는 함부로 받았습니다
어느 갱 속에서 시작된 밥벌이와
밥벌이 근처를 서성이던 노곤함으로
당신은 벌써 팔순을 넘어 노시인이 되었습니다
가난과 목숨이 질겨 여기까지 왔노라고
흙벽에 등 대고 산 고향이 멀어
객지 떠돌며 시로 위로받았노라고
2020년 올봄
당신 닮은 열두 번째 삶의 보증서를
나는 함부로 받았습니다
읽다가 눈 시리면 당신 생각하다가
염치없게도 잠시 동안 책장을 넘기지 못하고
한참을 서성여 보다가
맞다 그래 맞다

흐릿한 눈 어질한 몸에 맞춤한 것 같아

벚꽃처럼 또 흐드러지게 울었습니다 그리하여

그동안 위로받고 울어본 적 드물었음을 고백합니다

늙음보다 젊음으로 더 기울었던 내 감동

너무 남루했음을 고백합니다

짧아져 가는 당신의 시가 더 빛나고 황홀함을

낡은 나이가 더 황홀함을 생각합니다

그 황홀함으로 내 나이 적 당신을 다시 생각하는 밤입
니다

한동안 당신의 시선으로 당신의 생각으로 살아보려 애
쓰다가

나도 나이 들어가면 좋겠습니다

당신처럼 썩 괜찮은 노시인이 되어 가면 더 좋겠습니다

엄마는 그랬다

꽃 화사한 산등성이에서
몇 번을 굴러도 보았다
소태같이 쓴 물도
마다하지 않았다
그렇게 아이 몇을 잃고도
눈물 흘릴 시간조차 없었다
어디가 아픈 줄도 몰랐다
차례차례 아이 세상에 내놓을 때마다
아픔보다 마디마디 사랑이 더 컸다
자기는 언제나 뒷전이었다
어느새 커버린 자식들 뒤에서
아, 세월 참 빠르구나 했다
내 자식 또 만나고 싶어
마음에도 없는 남편
다시 만난다고 했다

이 모든 것 다
당연하다 했다

지붕에 오른 소

언제 한 번 나도
저기 주인이 사는 집
아니, 저 지붕에 올라
세상 풍경 맘껏 볼 수 있을까 했는데

하루를 지붕에서
그리 살게 될 줄 몰랐어

뱃속 새끼는 마냥 좋아라 하지만
누군가의 슬픔이 하늘에 올라
풍경 속엔 온통 물뿐인 걸

사람들은 그저
물속에 갇힌 지붕 위의 내 눈물
멀리서 지켜만 보고 있었어

하늘에는 강이 흐르고 있는데

중년

그의 낡은 라디오에서
오래된 노래가 건너온다
책에 미친 여자에게로 온다
생각을 걷는 여자에게로 온다
밖에는 바람 불고
비가 내려 우울한데
건너오는 노래, 저 먼발치에
그가 살아온 젊음이 보인다
오래된 둘의 세월이 보인다
신문에서 오려둔 자투리 글귀
아직은 먼 듯한 70년 부부생활
건강하게 살라 한다

노랑아

노랑아
노랑아

오늘따라
노랑이 참 많은데
네가
핼쑥한 네가
보이지 않는다

우리 벌써 3년
꾸들꾸들 말라가는
네 꼬리를 봐야
오늘 저녁도 가는 듯하니

너는
내 아픈 손가락이다
너는 내 아픈 눈물이다

내 늙은 개

폴아! 네 이름 불러주었을 때
내 얼굴에도 열꽃 막 피기 시작했지

네가 늙어갈 동안
밤새 열어둔 귓속에는
바람도 거세고 가을꽃도 많이 다녀가고

이제, 네가 묻힌 연가의 산에는
꽃보다 솔이 더 많아
푸른 시선 때문에 울기도 힘들고
매일 냉정해지는 연습으로 마음만 닳아가고 있지

그 냉정함으로
겨울에는 차가운 눈이 내리고
봄여름가을 꽃은 수도 없이 피네

후회가 더 많아 오늘도 걷는 산속
남아서 다시 사는 건
꽃 피고 새 우는 것과 같아
한 번도 꿈속으로 오지 않은 늙은 너의
더딘 발걸음과도 같아

네가 그토록 보고 싶어
보고 싶을 때면
산속 깊이 살고 있는
너의 익숙함처럼
나도 그리 살면 될 일

생일

아카시아 하얀 향이거나
새 울음이거나
아버지 가슴에 결 만들 수 있다면
땅속 깊이 엎드려 풀로 살아도
숨어있는 아버지 행복일 수 있다면

잡초 덮고 기쁘다가 슬프다가
아버지 또 그렇게 며칠을 살았겠다

그래 나도
빗소리며 태양 눈부시게 받으며
아버지 잡초가 되고 싶었는데
꽃도 피우고 바람도 맞으며
아버지를 남자로 살게 하고 싶었는데

손 많이 탄 꽃처럼 열매처럼
잘생긴 아버지도 넓고 푸른 산으로 조금 일찍 갔지

간밤에는 아버지 더 많이 보고 싶어 윤달도 생겼는데
오늘은 아버지 생일인데

창 너머에는 어제처럼 택배가 무덤 같고
배가 고프지 않아도 나는 생일 밥을 먹지

도라지

산다는 건 때로
전쟁터 같기도 했을,
추녀에서 흐르던 오랜 눈물로
한 뼘 틈도 생겼을까
틈 비집고 몸을 일으킨다는 것
쓸쓸하지만 산다는 것이었네

아버지 떠나고
엄마가 심은 도라지
무성한 여름 틈 속에서
쓸쓸하게 살고 있었네

마당에서 한참을
그렇게
오래된 노래처럼
늙은 엄마처럼

아버지보다 더 오래
한 뼘 틈에서
없는 듯 살고 있는
도라지
엄마 닮은 도라지

대금굴

초록으로 지치다 하얀 숨 내 쉬어야
5억 년 금빛 너에게로 갈 수 있을 것 같아

너를 만나면 더 많이 설렐까 봐 울컥 할까 봐
몸은 그리도 젖다가 마르다가 했나 보다

울컥, 울음은 기어이 폭포가 되고
물빛 하나 놓칠세라 용쓰다 보면
어느새 진짜 용이 되어 떨어지던 그 높이란
사랑보다 깊고 그리움보다 깊었는데

그 덕에 물 위를 걷다가 호사스럽다가
잠시 환상 속에 잠기다가 잠시 흔들리다가
저 먼 백두에 있다는
물의 깊이에 흠뻑 빠져도 보았는데

그래, 산다는 건
죽었다 살았다 반복하는 일

그럴 동안 너는 돌을 키우고
나보다 더 큰 돌을 키웠구나

너는 말한다

100년 후, 우리 다시 만나면
지금처럼 살다가
약속한 손가락 마디 만큼에서
다시 쉬어가자고

너는 이제야 웃으며 말한다

꽃을 마신다

물속 깊은 울음처럼
바람 빛에 저만큼 살았을
그 꽃을
이제는 좀 쉬라고
따뜻한 물에 띄운다

그때
내 손가락에서 피어나던
너의 그 꽃을
따뜻한 물에 띄운다

세월 흘러도
사랑은 입속으로 불어오고
참 애틋한 날들이었지

꽃을 마시는 동안에도
내 몸엔 꽃이 피는데

아직도 그때
그 꽃이 피는데

나이는

다 채워보지도 못하고
체한 듯 비처럼 올 줄 몰랐지

참 어설프기도 했지만
태양도 바람도 맞으며
귀에도 무릎에도
온몸에 들어와
소리 낼 줄도 몰랐지

때로는 많이 살다가도
가벼워지려 했지만
오래 살아보지 않고는
비워낼 수도 없었지

흘러넘쳐야 행복이라고
비 그치면
맑은 하늘 만날 수 있다고

나이는 그런 거라며
당신은 자주 말하곤 했지

그 여자만 같았으면 한다

어제 같은 해가 뜨고 어제 같은 폭염도 아직 가시지 않아
아픔은 돌고 돌아 휘어진 다리 건너 발목에다 봉분 만
들었는가
엄마는 밤새 어둠 틀어쥐고 아버지 없이 혼자 봉분을
쓸어내렸다

또 그 자리에 입원한 팔순 엄마
그 무렵, 꽃 같은 얼굴은 생각나지 않고
그저 나이 많은 시들한 엄마만 보이는 낡은 오후

진통제 꽂고 큰 글자 책장 넘기던 휑한 눈에서
아버지 잃은 그날처럼 눈물이 흘렀다
기구하지만 대단한 여자라며 여자의 삶 하나씩 마른
입으로 연신 말했다
내 딸이 그 여자처럼 강하게 살았으면 좋겠다며

아직 폭염, 에어컨은 그저 벽에 달린 문짝처럼 또 한여
름 보낼 터
그냥 그 여자 그리며 책장 넘기다가 가을 즈음 서늘한
방문 열었으면 좋으련만
할마시들 화투장이며 부른 국수며 진한 농담 잠깐 잊
어도 좋으련만
풀 뽑고 쓰레기 줍고, 한나절 그렇게 번 돈으로 밥 사던
엄마 얼굴 환한 꽃이었는데
다시 그 자리에 입원한 늙은 엄마

돌아볼 시간 없이 와 버린 팔십인데도
그저 그 여자만 같았으면 한다 내 딸이, 어쩌면 나처럼
살지 말라는
엄마 속마음인지도 모를, 그 여자 삶을 연신 마른 입으
로 말하고 있었다

욕심

밤새 내린 봄눈으로
눈사람 하나 만들었으면

생각 넘치기 전에
얼른 잠들었으면

바람 그치지 않아 차가운
내 몸 안에
호랑이 한 마리 놀았으면

산마다 불났으면
진달래로 불났으면

3부

여름 그리고
다시 가을

풍경

나는 누군가에게 넉넉한 풍경이었나

돋보기 너머 멋진 글의 순례와
땅 위에 뒹구는 꽃잎의 조화

나는 여전히 어질하고

애초, 떨어지며 피는 꽃도
다 어지러웠다고

가을

온몸 다 붉게 누운
저기 저 잎들은 어이 할거나

쑥부쟁이 쏟아지듯 이고 가는
저 구부정한 할머니는 어이 할 거나

천방지축 하얗게 뛰노는
저 구름떼는 어이 할 거나

네 마음 알 수 없어
밥도 못 먹는 저녁

그리하여
뛰는 내 가슴은
또 어이 할 거나

혼례식

봄 가득
내 나이 마흔이던
그날,

소나무 한 쌍 혼례 올렸던
숲,
그 숲에 드노니

청춘들이여!

사는 게 힘들다는 말
자식 낳아 기르기 힘들다는 말
이제는 끝내기로 하자

소나무도 제 짝 만나
새끼 낳아 기르는데
아이 울음 낯설면 안 될 일

그 숲에 들면
워라밸이니 욜로니
그 멋진 말조차
다 소용없는 일

저기, 조금 더 오르면
우리 오랜 역사도 살아
가끔은 소나무 우거지듯
가슴 설레어도 좋아

소나무 혼례식이듯
삼십 해 전 내 혼례식이듯

청춘들이여,
푸르디푸른 청첩장 전해오면 좋으리

살다가

저기, 준경묘 그 자손들처럼

자식 여럿 또 낳아

왕처럼 살아봐도 좋으리

소나무처럼 살아봐도 좋으리

강시인

나릿골 벽 너머 마을 아래 살았다

그저 바다랑 노느라

바람이 꼬드기는 줄도 몰랐다

감자꽃 피면 덩달아 몸도 크고

감자를 물고 여름을 났다

바다를 덮던 무수한 별

꾸들꾸들 말라가는 오징어 냄새

밤은 그렇게 수도 없이 지나가고

이웃은 넘을 수 없는 벽 앞에서

슬프기도 기쁘기도 하면서

바다를 떠날 줄 몰랐다

그럴 동안

스스로 만들어가는 나무처럼 살기로 했다

가죽나무 위에 시를 쓰기로 했다

더러는 세상을 등지고 하늘이 되었지만

시를 쓸 동안에도 바다는 결코 떠나지 않았다

노을 지면 다들 물들어가는 시간

걷는 골목마다 분꽃이 주고 간 까만 씨가 지천인데

오늘도 벽 너머 마을 아래서 시를 쓴다

강시인은 오래도록 시를 쓴다

입추

가을이 시작된다는 말보다
송곳을 세운다는
또 다른 의미로 살고 싶은 날

젊은 날은 코스모스 여린 대궁이어도 좋았고
하늘 높이 푸르게 솟아도 괜찮았다

매일 올려다본 하늘의 뜻마저 알았노라
착각하고 산 지도 십여 년
나 하나 코스모스처럼 서 있지 못하고 어찌
송곳을 세운다 하는지
또 허허로운 날

기적은 흔하지 않아도 그럼에도
나는 부모를, 자식을,
그리고 그리고… 뜨겁게 내 것이 되는 것들을

하늘이 된 어느 시인의 가을이듯
소쩍새와 천둥 울음 지나
이제는 돌아와 국화 대궁이 되어도 좋을
그 가을은
또 그렇게 시작되었느니

한 열흘이면

어쩌다 꽃 받을 일 생겨
부끄럽기도 했지만

방마다 풀어놓고
한 열흘 같이 뒹굴고 나면
세상 부러울 게 없었다

수시로 안개가 되고
수시로 정원이 되었던
이름도 모르는 꽃들이랑
한 열흘이면
세상 부러울 게 없었다

더러는 먼저 떠나기도
남아 발도 씻고 하면서
또 며칠을 살아보는데

내가 꽃인 양 살다가
그만 잊어버린
밥 냄새 찌개 냄새

그렇게
좁은 이 방 저 방
꽃이 더 많아

우리 둘 다
폼나게 사는 재미란
한 열흘이면 충분했던 것을

구십(卒壽)은 넘어야

사랑 안 되고
사랑 고백 더욱 안 된다면서
긴 세월 살고 나니
드디어 사랑 된다는
구십 넘은 어느 시인

여태 허름한 사랑이라며
부여잡고 사는 나
나도 구십은 넘어야
참된 사랑 알겠는지

긴 세월
벌써부터
짧디짧으니

詩를 읽는 날

너는 아직 우울하다 했고
당신은 별이 무성해도 많이 외롭다 했고
나는 어제도 선잠을 잤다고 했다

비도 바람도 많아 파도가 더 가까운 날
우리가 만나
詩를 읽는 날이었다

고래 - 수족관

집으로 돌아가고 싶어요
내 집은 여기가 아닌 걸요
그곳은 여기보다 위험하다
사람들은 말하지만
내가 태어난 거기는
희망 가득한 곳이랍니다

먹고 싶은 것 마음껏 먹고
파도도 타고 빗소리도 들으며
수평선 저 멀리 바라보고 싶은
그런 곳이랍니다

나는 지금
기쁨도 슬픔도 많이 모자라
앞으로 얼마를 더 살지 잘 몰라요

길게는 내 사십이
사람들 백 세를 닮아
사랑도 하다가
지겹도록 놀다가
그리 살다가

내 집이랑 닮은
파란 저기
저 하늘에 묻히고 싶어요

다시, 떨렸으면 해

별도 따주겠다던
그대의 시작처럼

드디어 내게로 와
꿈틀거리던 뱃속 아이처럼

두꺼운 책 속 깊이 숨은
아버지의 마지막 편지처럼

엄마라고 부를 때처럼
엄마라고 불러줄 때처럼

차마 떠날 수 없던
밑줄 그은 한 문장처럼

그날이 그날 같던 일상마저
너무 그리운 지금처럼

떨렸으면 해
다시, 떨려야만 해

선물

하필 크리스마스 이브였네
해 지도록 기척도 없었던 이브였네
따르릉!
생일 축하한다며 전화가 왔네
39년생 희정 씨였네
6인실 병동에 2주째 그러고 있는
늙은 토끼, 무슨 정황으로
61년생인 내게
축하한다며 전화가 왔네
나를 만들어낸 것도 모자라
전화까지 왔네
울컥하며
또 한 해를 보내야겠네
오십 줄도 마지막이니
나잇값 좀 하자고
나를 마구 혼내보는 날이었네
역시나 내 엄마였네

여름 그리고 다시 가을

내 몸 온도랑 흡사했던 여름

차마 와줄 것 같지 않더니
수국 사이에서
밤잠 설치던 입추였네

나도 수국처럼 서성였는데
매미 떼랑 잠들지 못했는데

무덥던 여름 지나
7층으로 올라 올라오는 풀벌레 울음
그 울음 키우느라 소나무가 자주 흔들렸네

여러 날 잠들지 못하던 불빛
그토록 가깝던 별이었네

그래, 청춘이었지
여름밤은 청춘이었지

청춘도 때로는 잠 못 들다
가을이 되곤 했다지

여름 그리고 다시
가을이 되곤 했다지

뻐꾸기가 우네

내 선잠이랑
그 둥지가 같았으면 해

얼핏 꿈을 꾸며
그 둥지에 들고 싶긴 해

내 마음 더 그럴수록
뻐꾸기 많이 우는 건

모아둔 울음 속에
비밀이 많아서일 거야

모아둔 울음 속에
아직 숨어 있는 꿈 많아서일 거야

뻐꾸기가 또 우네

창밖에서도 울고
밥솥에서도 우네

초승달

숨느라
피하느라
잘못 든 길인 줄도 모르고

너나 나나
하나씩 묻고 사는
지푸라기 같은 외로움인 줄도 모르고

딴엔
비운다고 비운
새벽빛 닮은 그리움도
그 외로움도

마음 남루해지니 알겠나니

희망

내 곤한 잠
누군가의 편안한 밤이었으면

내 눈부심
누군가의 맑은 아침이었으면

눈 감았다 뜨면
바로 오늘인
그런 잠은 욕심일까
희망일까

아직은
밥벌이 못 하는 아들의 아침도
그런 눈부신 아침이었으면

생각하는 모든 것들이
다 기도가 되는
그런 아침이었으면

괜찮았던 날들 – 천상병 시인

종일 웃음으로 남루하게 살아도
가난을 직업으로 가져도
괜찮았습니다

한 잔의 커피와 갑 속 두둑한 담배와
해장하고도 남은 버스값으로
매일을 살아도 괜찮았습니다

가져갈 것도 없이
구름인 양 하늘로 훨훨 소풍 가도
괜찮았습니다
참 괜찮았습니다

살며 괜찮다고 말했던 숱한 날들

오늘은 어땠는지
당신이 많이 그리운 날입니다

마지막 봄 -달동네

햇살이 피해 다녔던
비좁은 골목이면 어떠랴
다닥다닥 벽 맞댄
허름한 집이면 또 어떠랴
힘들게 내어준
그 품 안이면 다 좋았다

어수룩한 집 붙잡고 사느라
남들만큼 사느라
성한 데 없던 고된 몸이야
말해 뭐하랴

이별 즈음

매일 마지막일 것 같은 봄도
기어이 와서는
이제는 비우라 한다
내 품 안에서 떠나라 한다

이별은 어디에도 숨어 살다가
걸어 걸어온 내 아흔에게

마당 가득 수선화를
달 가득한 하늘
벅차게 건네고 간다

동반자

돋보기에 의지한 채
또 한 해를 보냈다

다행히 균은 살지 않는다고 말했지만
눈은 흐릿하고 서글펐다

이제는 눈도 드물게 내려 마른 겨울
내 마른 눈에도 다시 돋보기 씌우나니

돋보기 쓰는 일은
콩밭에 밀이랑 보리를 심는 일
허락하지 않은 땅의 몸에
잠깐 쉬게 하는 풀들 같은 것

그러니
의지했다고 말하지 마라

동반자는

함께 더불어

같이 가는 것이리니

부디

의지했다고 말하지 마라

씨앗을 먹는다

씨앗을 먹는다

당신 좋아해서
내 몸엔 꽃 피고
꽃 후엔 다시
씨앗 되리니

씨앗을 먹는다

나 살다
흙으로 돌아가면
누군가의 씨앗 되어야 하리

그러면,
폭염과 추위 오면,
총총한 고통
별이 듯 이겨내야 하리

그 후로도 오래
꽃 피고 열매 맺으면
누군가에게 또 한 알의 씨앗 되어도 좋으리
나 다시 태어나
한 번 더 세상살이 욕심내어 봐도 좋으리

오늘도
씨앗을 먹는다

누군가의 씨앗을
오래도록 꼭꼭 씹어 먹는다

그 길

한참을 숨어 녀석들 보았네
올 더위 거뜬히 넘긴 녀석들
밥상을 차렸네
물 한 그릇 밥 한 그릇
조촐한 밥상을 차렸네
새끼 달고
먹느라 눈치 보느라
바쁜 냥이 녀석들

한참을 숨어 녀석들 보았네
며칠이나 보이지 않고
속 끓이더니
오랜만에 나타난 아픈 녀석
침 흘리며 다 죽어가던 그 녀석
보란 듯 나를 울렸던 그 녀석
아스피린 섞은 고기 죽
잇몸으로 먹고 있네
다시 살아 먹고 있네

울며불며 돌아오던 길
누군가의 힘들었을
그 길

녀석들
볼 수 있어 더 슬픈
그 길

4부

그렇게 다시
살아보는 거야

치매

오늘도 어머니는
과거를 지켜내느라 애쓰고 있는 중입니다

다시 먼 과거가 될
아들의 얼굴과 며느리 얼굴에
자꾸만 추억을 쏟아 붓습니다

생각나는 것보다
생각나지 않는 게
더러는 더 좋을 수도 있겠지만
생각나는 옛사람이 되고 싶습니다

어머니
부디
저를 잊지 마세요

이사부 바닷길

아침부터 배 한 척 띄우면
푸른 옷이 젖는다
네 깊은 마음도 젖는다

부끄러운 내 마음마저
너랑 가깝고
하소연이 많을수록
해당화 냄새도 짙다

꿈은 때마다
저기 먼 수평선 너머에 있었고
아침이면 꼭 일어나는 해처럼
나를 일으킨다

걷다가 그 곁으로
또 걷다가

물고기 떠난 빈자리
바위가 대신 앉아
까마득해지면

내 속울음 같은
파도마저
어지간해지면

오늘도
내 하루는
여기서 오래도록 기댄다

세한도

혼자여도 초라하지 않은
그 집에 갑니다

바람 불고 눈 내려도
웃고 선 나무에게로 갑니다

추워도 푸르게 살고 싶어
늘 푸른
당신에게로 갑니다

세상 그 어떤 바이러스도
문 열면 사라지는
푸르디푸른 기적이면 더 좋을
그 집에
당신 만나러 갑니다

그 집에
또다시 눈 내리면
힘든 세상 잠시 잊으라
당신은 말합니다

당신 만난 그 후로
인생 아쉽지 않고
다시 돌아보지 않아도 아쉽지 않은
그래서
꼭 당신만 같은

욕심이라면 그저
그냥 당신이듯 곁에 서 있는
푸른 나무만 같기를
그림이듯 글이듯
당신에게 푹 빠져들 수만 있기를

첫눈

하늘만큼 사랑한다
땅만큼 사랑한다

사랑은
하늘만큼 높고
땅만큼 넓은데

그 위로
하얗게 눈이 내린다

미탁

꿈속이었을까
꿈에서나 깨었을까

늙은 집 누르던 언덕에서
안부도 잊고
하늘로만 오르던 그 할머니

그럴 동안 나는
3개월 할부로 산 꿀잠을 먹은 지도 세 시간이나 훌쩍
지나고
꿈도 꾸지 못하고 내쫓긴 창틀에서 산더미처럼 쏟아지는
빗물을 닦아내던 밤이었다 한때는 로망이었던
내 젊은 피아노 주위를 서성거리던 밤이었다

비가 오면 물이 모이고 바람 불면 낙엽이 모인다는
지인의 부잣집 터를 의심하는 우스갯소리가
그만, 미탁이라는 낯선 태풍으로 도를 넘는 오늘 밤이
었다

마달리 길을 걸었네

다시 기회 주기로 했네 바람은 얼굴을 차갑게 때렸고
한때 죄지었던 그 길 서슴없이 걸었네
악의 주인공처럼 걸었네 태풍도 두어 번 지나던 자리,
흙 묻은 그릇 씻던 물줄기도 약해질 때로 약해진
그 길 지나 여기저기 아픈, 늙은 엄마들 쉬어가는
그 길 걸었네 허리 굽는 줄 모르고 푸성귀 심고
나르던 엄마의 그 길 걸었네 다시 기회 주기로 했네
나를 다스리지 못한 죄 그리하여 귀에는 울음을 몸에는
어질함을 벌로 받아들고 한없이 약해졌던 나를 앞세워
그 길 걸었네 나이 배달하고 사라진 작년은 분명 헛살
았네
죄값 치르며 다시 시작하기로 한 새해, 나를 앞세워
또 그 길을 걸었네

과유불급

자장자장 나를 재운다
앞집에도 뒷집에도
불빛 몇 반짝이며
나를 재운다

너무 마셨나
사랑차!

잠 못 들까
흉내만 내달라 부탁한 커피 대신
카모마일, 그 사랑에 너무 욕심냈나 보다

어쩌면 오늘 밤
풀벌레처럼 한없이 울지도 몰라
날밤 새워야 할지도 몰라

그 사랑에 이별 못 한
죽부인
아직 안고 뒹구는데

그렇게 다시 살아보는 거야

봄 끝 무렵 두고 나온 그 집 마당에는
아직도 꽃 뿌리 진을 치고 있을 터

그립다가 절박하다 결국
숨어 따라온 국화랑 분꽃
그리고
알 수 없는 하나

비좁은 화분에 세 들어
미어터지게 한 번 살아 보겠다 따라온 게야

여름 겨울 지나
태양이며 노을도 맘껏 먹으며
손톱만 한 분꽃 피었다 지고
알 수 없는 보라 꽃마저 피었다 지고
부대끼며 그저 지켜보던 국화

추워도 더워도 어쩌지 못하고
내려놓지도 못하고
그냥 바라볼 동안

사랑이었으면 더 좋겠네

점 같은 씨 하나
말없이 남기던 분꽃

그래
산다는 건
그 꽃씨 하나의 힘 같은 것일지도 몰라
지지고 볶는 일일지도 몰라

나도 비좁게 얹혀
그들처럼 다시 피고 지는 거야
그렇게 다시 살아 보는 거야

그림으로 말하려 합니다 -초대

온통 초록입니다

색을 칠했던 모든 것들은
풍경이 되고 사랑이 됩니다

마침내 그림은 나를 치유하고
또 누군가를 치유하려 합니다

내가 당신을 그리면
당신은 내게로 와 꽃이 되고
바람이 됩니다

한 일 년은 우리,
그렇게 그림에 빠졌습니다

산다는 건
시를 읽듯 가슴 설레는 일
산다는 건
그림을 그리듯 나를 표현하는 일

소름 끼치도록
이 모두가 오늘도 그리워
이 자리를 허락합니다
나누려 합니다
그림으로 말하려 합니다

당신의 감동이 될 그림 하나씩
정성껏 내어놓습니다

설날

오랜만에 본 아들에게
마음속 말
더 많이 하지 못한 날

아들도
마음속 말
다 내놓지 못하고 돌아선 날

아직 끝나지 않은
코로나 같은
기쁘거나 슬프지 않아도
눈물 더 많아지는 날

그래도
기다려지는
보고 싶어지는 날

겨울

봄이길 원하면

그러면
나뭇잎 떨어지듯
다 떨구고
처음으로 서야만 해

처음은 서툴러야 하고
처음은 잘 몰라야 하고

그러다
맨몸 위로 첫눈 들이면
다 알게 돼

잎처럼
너를 버리는 일은

다시 살기 위한
시작이었다는 것을

그 사람 대신

아들 같은 젊은이
눈사람처럼 앉았다

눈도 돈도 들지 않은
낡은 바구니 곁으로
그저 바람처럼 지나가는 사람들

그는
누구의 애틋한 아들
사랑의 징표였던 것을

나도
다리 대신 몸으로 앉아
천 원짜리 지폐 한 장
눈 대신 넣어보는데

그날
그 사람 대신
행복이나 슬픔 같은 자격도 버리고

가까운 길 먼 길이듯

그냥

오래오래 걸어야만 했다

늦은 오후는

늦은 오후는
어설픈 시력으로 한참을 서성이다
애인처럼 노을로 오고

기쁨이어도 좋을 슬픔이어도 좋을
비밀 하나 만들며 오고

또 이렇게
노을 앞에 오래도록 서서

늦은 오후 속으로
지나가는 하루

당신은

누구나
좋아하는 거
하면서 사는데

한 잔 두 잔

마음 다 내려놓고
허 허 웃는
당신은

술이 좋아
화색이 도는
당신은

마누라 대신
부처가 되는 중이다

매미가 울었다

한때는 꽃길이었던 산 골목에서
매미는 마지막을 살고 있었다

더러는 잎사귀에
더러는 나무 맨몸에서
살거나 죽고 있었다

무릇 긴 대궁 끝자락에
자잘한 꽃 피어도 울었고
바람에 흔들려도 울었다
채 마르지 않은 하늘눈물 떨어지면
잣나무 숲에서도 기대 울었다

누군가의 소원으로 만들어진 돌탑 앞에서
참으면서 우는 울음은 아프다
눈에서 가슴까지 많이 아프다

울음은 아프고
아픈 건 산다는 것

그렇게 충분히 울어
너무 울어 아프면

저 아래 산이랑 배 한 척
그리고 빨간 집 하나
지어줘야겠다

아픔이랑 살았던 것 같습니다

아픔이랑 살았던 것 같습니다

말간 공기 속
겨울 지나 봄꽃 피듯
그렇게
아픔이랑 살았던 것 같습니다

그 덕에 나는 잠 못 들고
후드득 살점만 꽃 지듯 했습니다

내 나이, 한 해 더하면 육십
아픔도 이쯤이면 놀고 싶었는가
같이 놀자 했습니다
놀다 초록 오면 가겠지 했습니다

세상은 허술하지 않아
궁색하게 변명하던 매일

"목련 그 속으로 들어가
나도 밥 먹고 노래하고
너랑도 놀아야지"
했습니다

그러다
여기저기 온통 초록
아픔도 초록은 상처였나 봅니다
청춘으로 살아가기 버거웠나 봅니다

여름에서야
들떠있던 내 잠들
차분해졌으니

겨울 지나 봄꽃 피듯
그렇게
아픔이랑 살았던 것 같습니다

베란다

여기는 산이었지
어젯밤 떡갈나무
내 불면 어르다 숨은 걸 보면

여기는 분명 산이었지
새들 그때처럼 주인으로 날아
다시 잠 깨우는 아침인 걸 보면

마당 닮은 여기
여기는 분명 산이었지
해 오르고 노을지듯
잎 지고 꽃 피는 걸 보면

저 너머 구름인지 눈인지 모를
먼 산 숨은 듯 다녀가고
눈 내려앉은 4월도 다녀가고

이제는 여기서
층 마다 비좁은
내 생각만 비우면 될 터

바람 들어오는 길목처럼
처음 그 산처럼
행복은 또 그렇게
여기에도 숨어 있나니

내 그리움도 -그림 전시회

사과는 오래오래 매달려 있었네
해바라기며 국화도 피고
마른 모래 위를 뛰노는 천진함도 있었네

눈물이며 웃음이 스며든
내 일 년 살이처럼
그렇게 익어갔을
붉고 푸른 그것들

그날, 벽에 걸려 더 붉어진 사과 곁에
꽃 사이로 뛰노는
내 젊음도 있었네
내 사랑도 있었네

빈자리는
언제나 가슴 떨리게 하는
방식으로 지나가고

그 방식대로 떨며 살아갈 동안

젊음이랑 사랑도

다시 지나가고

내 그리움도

그날, 벽에 매달린 붉은 사과 곁에

오래도록 매달려 있었네

우리는

우리는
전부를 걸 정도로 시작되다가
때로 미약하나마
남루하게 끌고 가다가

우리는
서로를 배우기도 하지만
관심 끌 정도는 아니다가
나무처럼 꽃처럼 바라보다
내 아픔인 양 견뎌는 보다가
그러나
무척 애잔하지는 않다가

우리는
자학도 절망도 아니게
어느 중간 정도에서 숨을 고르다가
비록 상처를 입힐지라도
눈동자에 들어 숨고 싶다가
등 뒤에 흐르던 차가운 물소리에
한동안 빠져들고 싶다가

그러다가
내 앞에 멈추었던 시작은
그때 우리의 젊음이다가

비로소
처음이 되곤 하던
우리
우리는

지금

지금이
가장 젊을 때라고

또 일 년이 지났다

풀벌레에게 일생인
그 일 년을
또 그렇게 살았다

나를 수확할 시간
나뭇잎처럼 떨어질 수 있어야 했고
진짜 슬픈 소리로 살았어야 했고

다시
시작되는 일 년

오늘이라고 쓴다
지금이라고 쓴다

엄마의 슬하에서 엄마 자리를 수용하는
시적 언어의 유희들

조관선(소설가)

프롤로그

예쁘다. 아니 참 아름답다.

20여 년, 서순우 시인을 지켜봐 온 필자의 총론이다.

필자가 서순우 시인을 처음 만난 건 2000년대 초 무렵이다, 사)한국예총삼척지회에서 개설한 평생교육사업의 일환이었던 시 창작반 수강시간에서였다. 그날 시 창작반에 모인 분들은 대체로 삼척교육정보관에서 실시한 문학이론 교육을 몇 년씩 수강해온 분들임을 알고 있었기에 필자는 상당한 기대감을 품고 있었다.

그 시간 이후의 20여 년은 서순우 시인이 소도시에서 문학을 함께하는 동료가 되었고 나아가 오랜 역사를 지난 두타문학회와 삼척문협의 현재를 밀고 이끄는 동반자적 입장이라 더욱 감사한 것이다.

서순우 시인의 시편들을 오래도록 살펴봐 왔다. 서 시인의 내면에 내재된 시적 자아와 외면에 노정된 시의 대상들을 살펴보건대 그 대상이 대부분 가족임을 목격해온 터라서 서순우 시인의 시적 발전과 확장성에도 감히 욕심내본 적이 있었다. 그에 대해서는 앞서 서순우 시인의 제1시집 『엄마』에서는 박문구 소설가님이, 제2시집 『기별』에서는 전년에 작고하신 김진광 시인님께서 발문이라는 미명으로 좋은 말씀들을 남기셨기에 필자는 더 이상의 서론을 가급적 삼가하고자 한다.

　　내 딴생각 비집고 들어와
　　소리 키우며 살던 그 속에도
　　비가 내리고 꽃 피고지고 새도 울다
　　바람 안에서는 잠도 깊지 못했겠다

　　온 세상 바람들어 있는 줄도 모르고
　　꽃 피면 가슴 떨려 무슨 병일까 싶다가
　　꽃 지면 더 가슴 떨려 또 무슨 병일까 싶다가

어차피 뒤척거릴 얕은 꿈이라면 한낮 미루나무로
반짝여도 좋을 걸, 슬픈 발자국으로 남은 아득한
여름 뒤여도 좋을 걸, 늘 젖은 강물이다가 거기서
만나는 한쪽 바다여도 좋을걸

내 언저리에서 그렇게 몇 년을 살다가
젖은 강물처럼 깊은 산처럼 내 눈처럼
그 소리 흐려져 갔으면 좋겠다 차라리
세상 소리 가득한 내가 사랑하는 음악이면
더 좋겠다

– 「耳鳴」 전문

우주 만물의 지연한 소리들을 배척하는 하등 무가치
한, 오로지 제소리만 고집하는 귓속의 질환, 우리는 이
것을 이명耳鳴이라 한다. 세상을 반세기 이상 살아본 사
람이라면 고개가 끄덕여질 질환이지만 오히려 어떤 환
자들은 이 질환을 대수롭지 않게 여기는 분들도 있다.
　서순우 시인에게 耳鳴이 있다는 소리는 아직 직접
듣지는 못했다. 그런데 시의 행간을 채우고 있는 시어
들은 단순하지 않다. 서순우 시인이 갱년기를 겪으며
갱년기에 수반된 잡다한 질병과의 투병의 순간을 모임
이 있을 때마다 먼 눈길로 목격해온 터라 시의 행간에

대한 이해가 가능했다. "**내 딴생각 비집고 들어와/소리 키우며 살던 그 속에도**", "**내 언저리에서 그렇게 몇 년을 살다가/젖은 강물처럼 깊은 산처럼 내 눈처럼/그 소리 흐려져 갔으면 좋겠다**", "**……내가 사랑하는 음악이면 더 좋겠다**"는 시인의 가슴속 간절한 기도를 육성으로 듣는 듯하다. 이명을 앓고 있는 사람이라면 표현의 차이가 있을지언정 완치에 대해 기대는 대동소이하리라.

폐 안에 분진 쌓으며 돌아오던
아버지 골목길
그 골목길 작은 민들레로
날마다 커가던 우리

그 풍경을 사랑하네

꽃 피고 잎 지고
겨울 오면
앞산 아카시아 장작으로
호사 누렸던 단칸방
덩달아 불꽃으로 너울거렸던 우리

그 풍경을 사랑하네

저 골짜기에서 흘러나오던 샘물처럼
가슴에 연어 같은 자식 품고
바다 바다로 흘러가던 오십천

그 풍경을 사랑하네

우리는 알고 있었네
고향 떠나지 않은 오십천
그때처럼 흐르고
그 덕에
우리 지금껏 살아가고 있다는 것을

그리하여
그 풍경
다시 사랑하려 하네

－「그 풍경을 다시 사랑하네」 전문

　거느린 가솔들과 어떻게든 배곯지 않고 살아야 한다
는 대명제가 따라붙던 시절, 그리고 수반된 피할 수 없
었던 분진. 시인의 아버지가 소도시의 시멘트공장 직

원이었다는 말을 들은 적 있다. 그 아버지가 석회분진을 폐 안에 담고 출근과 귀가라는 명분으로 반평생 드나들던 골목길에 피어난 민들레로 자라났다는 비유는 서순우 시인이 형제들과 함께 집 앞 골목에 핀 한 포기 민들레를 에워싸고 노란 꽃잎 같은 웃음 날리던 시인의 어린 시절이 눈앞에 떠오르는 수채화 같은 작품이다.

아들아! 할아버지 묻힌 여기 미로에, 조선의 뿌리 목조의 아버지 묘가 있다.
– 「왕의 노래」 중에서

산문시 형식의 왕의 노래는 조선창업을 이룬 태조 이성계의 5대 조부, 고려 이양무 장군의 유택 준경묘를 세상의 중심으로 끌어낸 작품이다. 삼척시 미로면 활기리 첩첩산중에 소재한 준경묘는 태조의 조선창업을 예언한 명당 중의 명당으로 소문나 있다. 서순우 시인은 어쩌면 자신의 아들로 하여금 태조의 조선창업과도 같은 나름의 영광을 재현하고 싶은 꿈이 있지 않았는지? 선택적 꿈이라면 엄마로서, 부모로서 못 꿀 것이 없는 꿈일 터. 서순우 시인의 기도에 필자도 슬그머니 두 손을 맞잡고 작은 기도를 올려본다.

-전략-

서울 하늘 아래 없는 듯 살아가는 아들아! 힘들어
도 가끔은 여기, 묘 찾아 기운 받아 가거라. 왕의 뜨
겁디뜨거운 그 기운을, 왕의 노래를.

- 「왕의 노래」 일부

자식에 대한 부모의 사랑과 기도는 무한이다. 서순
우 시인 역시 아들에 대한 기도가 넓고 높다. 아들이
준경묘의 높디높은 기운을, 그 열기를 받아 추구하는
바벨탑의 거리와 가까워지도록 기도하는 엄마 서순우.
그 기도가 마치 모든 어머니의 생전 기도 같다는 생각
에 가슴 먹먹해진다.

-전략-

세상은 늘 꽃으로 한창이었고
늦은 유월, 너는 태몽에서조차 꽃다발을 건네며
내게로 와 세상 빛이 되었구나
좁은 뱃속에서 너는 달맞이꽃으로 피었다가
분꽃으로 피었다가 고요한 아침이면 잠들곤 했지
너는 그렇게 엄마의 아들이 되어 갔다

- 「아들을 위한 노래」 중에서

인간의 원초적 행복감이 엿보인다. 가정이라는 울타리 안에서 인간이 맛볼 수 있는 과정 하나를 비밀스레 중계방송하는 듯한 착각에 빠지게 한다. 시인은 태몽으로부터 시작한 아들의 잉태와 그 아들로부터 얻어진 환희와 감격을 나타내고 있지만 장차의 엄마로서의 괴뇌도 뇌리에 조금씩 쌓아올리고 있음을 보여준다. 누구에게나 부여된 행복의 과정이겠지만 아무에게나 주어지는 행복의 무게가 아니기에 언급해 본다.

-전략-
간밤에는 아버지 더 많이 보고 싶어 윤달도 생겼는데
그래서 오늘은 아버지 생일인데

창 너머에는 어제처럼 택배가 무덤 같고
배가 고프지 않아도 나는 생일 밥을 먹지
 -「생일」 일부

선산 한켠을 지키고 계신 시인의 아버지, 사친思親의 농도를 목격하고 있는 느낌이다.

아버지의 생일이 있는 윤달! 대다수 사람은 1년에 한 번씩 생일을 맞는데 윤달에 태어난 사람은 자신의 생일을 제날짜에 맞기도 힘들다. **"간밤에는 아버지 더**

많이 보고 싶어 윤달도 생겼는데/그래서 오늘은 아버지 생일인데" 형언할 수 없는 사친의 절절함이 시인의 젖은 눈시울을 상상하게 된다. 시인의 나이 듦인가? 아니면 시적 서정인가? 시어의 행간에 내재된 아버지의 행적은 불멸의 영원성일 터. 시인은 그 아버지의 영혼이라도 조우하고자 꿈을 기원하고 있지는 않았는지? **"그래서 오늘은 아버지 생일인데"** 딱히 이것이라고 언급할 수 없는 어떤 메아리가 중첩되어 파문처럼 퍼져나가는 느낌을 지울 수 없다. 더하여서 시를 읽고 난 이후의 느낌이 가슴 한켠에 오래도록 존재함을 부인하지 못하는 것이다.

산다는 건 때로
전쟁터 같기도 했을,
추녀에서 흐르던 오랜 눈물로
한 뼘 틈도 생겼을까
틈 비집고 몸을 일으킨다는 것
쓸쓸하지만 산다는 것이었네

아버지 떠나고
엄마가 심은 도라지
무성한 여름 틈 속에서
쓸쓸하게 살고 있었네

마당에서 한참을
그렇게
오래된 노래처럼
늙은 엄마처럼

아버지 보다 더 오래
한 뼘 틈에서
없는 듯 살고 있는
도라지
엄마 닮은 도라지

– 「도라지」 전문

　엄마에 비유된 도라지, 아니면 도라지에 비유된 엄마인가? 주어에 관한 관계의 모호성을 깊이 관찰해본 바, 도라지를 앞세워서 엄마를 호출하고 아버지를 호출한 저의에 생명력의 한계성에 대한 탄식이 내재돼 있다면 오만한 표현일까? 피고지고 지고피는 도라지와는 달리 동물계는 한 번의 죽음으로 모든 것이 종료되는 대체 불가능한 매체인 것. 아버지 사후에도 생명력을 나타내고 있는 엄마 닮은 도라지에 대입된 엄마의 쓸쓸한 노후가 시인의 마음에 돋아난 효심일 터. 서순우 시인의 엄마가 건강을 유지하시며 천수를 누리시

기를 기도해 본다.

나는 누군가에게 넉넉한 풍경이었나

돋보기 너머 멋진 글의 순례와
땅 위에 뒹구는 꽃잎의 조화

나는 여전히 어질하고

애초, 떨어지며 피는 꽃도
다 어지러웠다고

－「풍경」 전문

유달리 남다른 갱년기를 앓았다고 회억되는 서순우 시인의 자기 하소연과도 같은 **"나는 여전히 어질하고"**는 현재도 서순우 시인의 어지럼증을 목격하고 있는 듯하다. 마치 낙엽 지는 가을날의 짧은 동영상을 보는 듯한 느낌이며 가슴속 또는 머릿속 어느 한켠에 끼워놓고 다니며 읊조리고 싶은 짧은 시다. 문학회 모임이 있는 날이면 종종 어지럼증을 앓는 사람처럼 고통을 호소하던 서순우 시인의 일상을 떠올려 보았다.

너는 아직 우울하다고 했고
당신은 별이 무성해도 많이 외롭다고 했고
나는 어제도 선잠을 잤다고 했다.

비도 바람도 많아 파도가 더 가까운 날
우리가 만나
詩를 읽는 날이었다.

– 「詩를 읽는 날」 전문

서순우 시인이 독서모임을 주선하던 때를 떠올려 본다. 아마 그 무렵에 창작된 작품이 아닌가 싶다. **"너는 아직 우울하다 했고/당신은 별이 무성해도 많이 외롭다고 했고/나는 어제도 선잠을 잤다고 했다."**

잦은 만남을 하다 보면 우리는 주변의 불평들을 더 많이 듣게 된다. 비가와도 바람이 불어도 그래서 높은 파도가 일상처럼 가까이 다가와도 시 읽기를 주저하지 않던 서순우 시인의 시 읽기 모임이 후일 독서모임으로 변경됐다고 들은 적이 있다. 이러한 일련의 모임들이 결국 삼척지역의 독서 인구 저변확대에 큰 도움이 됐을 터, 그로 인해 더러는 문학 인구 저변확대에도 도움이 된 것은 아닐지? 그러나 소문은 여전히 책은 팔리지 않고 서점은 나날이 줄어들고……. 개인적인 바람이 있다면 이러한 詩 읽는 독서모임 몇 개쯤은 만들고 싶다는 욕구의 발현이다.

별도 따주겠다던
그대의 시작처럼

드디어 내게로 와
꿈틀거리던 뱃속 아이처럼

두꺼운 책 속 깊이 숨은
아버지의 마지막 편지처럼

엄마라고 부를 때처럼
엄마라고 불러줄 때처럼

차마 떠날 수 없던
밑줄 그은 한 문장처럼

그날이 그날 같던 일상마저
너무 그리운 지금처럼

떨렸으면 해

다시, 떨려야만 해

– 「다시, 떨렸으면 해」 전문

위의 시가 의미하는 것은 모든 것의 처음 또는 시작의 내력이다. **"별도 따주겠다던/그대의 시작처럼"** 시인의 남편뿐만 아니라 수많은 남편들이 이러한 맹세를 앞세우고 여자의, 아내의 사랑을 얻었으리라. 그때의 떨림이 어떤 것인지 유추해 본다. **"드디어 내게로 와/꿈틀거리던 뱃속 아이처럼"** 가슴 먹먹함을 떨칠 수가 없다.

하필 크리스마스 이브였네

해 지도록 기척도 없던 이브였네

따르릉!

생일 축하한다며 전화가 왔네

39년생 희정 씨였네

6인실 병동에 2주째 그러고 있는

늙은 토끼, 무슨 정황으로

61년생인 내게

축하한다며 전화가 왔네

나를 만들어낸 것도 모자라

전화까지 왔네
울컥하며
또 한 해를 보내야겠네
오십 줄도 마지막이니
나잇값 좀 하자고
나를 마구 혼내보는 날이었네
역시나 내 엄마였네

–「선물」 전문

　나이 오십 줄의 마지막 해인 시인의 생일, 병원에 입원 중인 엄마에게서 걸려온 전화에 울컥해버린 시인, 가족 이상의 관계 엄마! 남편이 있고 아들이 있고 아래로 동생이 여럿인 서순우 시인의 생일날에 여기저기서 생일 축하 전화를 했겠지만 유독 병원에 입원 중인 연로하신 엄마의 축하전화만이 가슴에 남아 오랜 시간 여운을 남기는 시인의 생일날 풍경이 소환된 영상 하나, "……**생일인데 미역국은 먹었느냐?**" 그 자리에 찾아오신, 이미 오래전에 고인이 되신 필자의 선친 말씀! 시인의 엄마에게서 전화를 받았다는 선물, "**역시나 내 엄마였네**"는 읽는 이의 정곡에 백납을 얹는 어휘인 것이다.

오랜만에 본 아들에게
마음속 말
더 많이 하지 못한 날

아들도
마음속 말
다 내놓지 못하며 돌아선 날

아직도 끝나지 않은
코로나 같은
기쁘거나 슬프지 않아도
눈물 더 많아지는 날

그래도 기다려지는
보고 싶어지는 날

- 「설날」 전문

    설날은 우리나라 고유의 명절이다. 필자의 유년 시절, 형언할 수 없을 만큼 어려웠던 시절에는 설날이나 추석 날을 참으로 많이도 기다렸던 기억이 난다. 설날을 앞둔 무렵이면 여타저타한 사연으로 집을 떠나 있던 아들딸 또는 가족들이 잠시 시간을 내어 시한성 귀향을 했다.

지금이야 가족의 일부가 집을 떠나 객지생활을 하는 이유가 대체로 향학열 때문이라지만 예전엔 이러한 이유는 한마디로 호사였다. 서순우 시인의 아들도 학업을 위해 집을 떠났다가 학업을 마치고서도 출세라는 명분에 이끌려 쉽사리 집으로 돌아오지 않음을 알고 있다.

누구나
좋아하는 것
하면서 사는데

한 잔 두 잔

마음 다 내려놓고
허 허 웃는
당신은

술이 좋아
화색이 도는
당신은

마누라 대신
부처가 되는 중이다

– 「당신은」 전문

남편을 차용한 서순우 시인의 또 다른 자아가 드러난 행간은 하나의 충격 또는 의아함이다. **"술이 좋아/화색이 도는/당신은//마누라 대신/부처가 되는 중이다"**. **"마누라 대신"**은 시인의 부군 아닌가? 언급된 부처론에서 시인을 전제로 과연 또는 혹시나가 개입할 여지를 열어둔다면 추측의 방향은 독자의 몫이리라.

남편의 말 수 적음이 답답했을까? 흔히들 바깥생활에 호의적인 남자들은 대체로 집안일에 비호의적이라는 걸 경험론적으로 알고 있다. 그래서 남편은 남의 편이라나 뭐라나?……. 선천적 사람 좋음의 미소를 시공에 흘리며 생의 나머지 시간을 호흡하고 있는 서순우 시인 역시 남편을 부처의 범주에 모셔둔 것은 아닌지? 자문해본다.

에필로그

서순우 시인의 시적 유형은 대체로 효이며 가족이다. 이미 북망산천에 유택을 마련하신 아버지와 아직은 시인의 가장 가까운 주변인으로 존재하고 계시는 어머니, 그리고 부처를 닮은 남편과 출세의 언저리를 헤매고 있는 두 아들과 셋이나 넷이나 되는 동생들이 서순우 시인의 문학에 소환되는 소재 중 하나이다.

　이러한 문학적 소재가 수많은 문인들의 단골 레퍼토리임을 부인할 수 없지만 시적 눈길을 좀 더 외형적으로 넓혀봄도 감히 기대해 보는 것이다.

　언급하건대 문학의 소재는 천지간에 존재하는, 세상사를 함께하는 모든 만물이다. 창작의 영역은 무한대이기에 아직은 기대하는 바가 크다 할 것이지만 이 또한 평소의 훈련이 필요한 것임은 자명하다. 이미 『엄마』와 『기별』이라는 제목의 시집을 발간한 서순우 시인의 세 번째 작품집에 많은 분들의 시선과 호평이 함께하기를 기대하며 발문의 여운을 닫는다.

사랑이었으면 더 좋겠네

초판 1쇄 인쇄 2022년 08월 22일
초판 1쇄 발행 2022년 09월 05일
지은이 서순우

펴낸이 김양수
책임편집 이정은
편집디자인 권수정

펴낸곳 도서출판 맑은샘
출판등록 제2012-000035
주소 경기도 고양시 일산서구 중앙로 1456(주엽동) 서현프라자 604호
전화 031) 906-5006
팩스 031) 906-5079
홈페이지 www.booksam.kr
블로그 http://blog.naver.com/okbook1234
이메일 okbook1234@naver.com

ISBN 979-11-5778-559-9 (03800)

* 이 도서의 판매 수익금 일부를 한국심장재단에 기부합니다.